迷《めい》宮《きゅう》突《とっ》破《ぱ》！

60秒の推《すい》理《り》ファイル

パート3

見えるものが真実とは限らない

推理《すいり》やなぞ解《と》きなど頭をフル回転させて、難題《なんだい》をやっと解《と》き終えたときの快感《かいかん》はたまらないですね！

この本にはそんな事件《じけん》がたくさんつまっています。

学校や身近なところで起きた事件《じけん》、はたまた殺人事件《じけん》など、さまざまな問題が出題されています。

あなたは問題の文章やイラストを注意深く観察《かんさつ》して、おかしなところがないかじっくり考えてください。

そして、ひらめきで犯人《はんにん》のしかけたトリックをあばきましょう。

この本を読み終えたとき、あなたは名探偵《めいたんてい》です！

もくじ

ファイルNo.1

U《ユー》F《エフ》O《オー》目《もく》撃《げき》事《じ》件《けん》

ある、雨上がりの夕方の出来事だ。
虹《にじ》が原《はら》町で、UFO《ユーエフオー》(未確認《みかくにん》飛行物体)の目撃者《もくげきしゃ》が現れて話題になった。
目撃《もくげき》したのは虹《にじ》が原《はら》小学校の五年生の児童三人。
その日は雨だったが、夕方になって雨が上がり、
空《あ》き地《ち》で遊んでいる最中に、UFO《ユーエフオー》を目撃《もくげき》したのだと言う。
その子どもたちの近所に住んでいた十文字刑事《じゅうもんじけいじ》は、
超常現象《ちょうじょうげんしょう》に興味《きょうみ》があり、目撃《もくげき》した様子を聞いてみることにした。

■**十文字《じゅうもんじ》刑事《けいじ》**「きみたちが見たUFO《ユーエフオー》について、
おじさんにくわしく聞かせてくれないか？
UFO《ユーエフオー》とかの話、大好きなんだよ」

■**子どもA**「あの日は昼間ずっと
雨が降っていて、外で遊べないんで
ぼくたち、ずっと家にいたんです。
でも、夕方になって雨が止《や》んで、
太陽が出てきたんで、外に出ました」

■子どもB「学校の近くの空き地《あきち》でサッカーをやって遊んでたとき、けりあげたボールの方を見たら、空に銀色のだ円形のものが浮《う》かんでいたんで、びっくりしちゃった！」

■子どもC「そう。ちょうど西の空に虹《にじ》が出ていて、沈《しず》む夕日とUFO《ユーエフオー》が同時に見えてたんで忘《わす》れられない光景だったんだ」

十文字刑事《じゅうもんじけいじ》は、子どもたちの話を聞いているうちにUFO《ユーエフオー》の目撃談《もくげきだん》が、あやしいものに思えてきた。

それはなぜだろう？

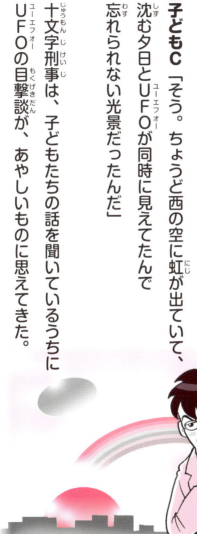

子どもたちの発言におかしいところがあった。
雨上がりに急に太陽が出てくると、
虹《にじ》が見えることがある。
けれど、虹《にじ》が見えるのは太陽とは反対の方角だ。
子どもたちは夕方、太陽が沈《しず》むときに
西の方角に虹《にじ》とＵＦＯ《ユーエフオー》を見たと言っているが、
太陽が西なら虹《にじ》は東に見えるはずだ。
沈《しず》む夕日と虹《にじ》とＵＦＯ《ユーエフオー》が
いっしょの位置に見えたという発言は、
記《き》憶《おく》違《ちが》いかウソの可《か》能《のう》性《せい》がある。

ファイルNo.2

目が光るベートーヴェン

木枯《こが》らしが吹《ふ》きすさぶ、冬の寒い時期のできごとだ。

虹《にじ》が原《はら》小学校に幽霊《ゆうれい》が出るとうわさが広がった。

夕暮《ゆうぐ》れ時に音楽室の前を通りかかった子どもが、たまたま開いていたドアの奥《おく》をのぞくと、ベートーヴェンの肖像画《しょうぞうが》の目が光ったと言うのだ。このうわさはまたたくまに学校中に伝わり、こわがった子どもは、音楽室に近寄《ちかよ》りたがらないしまつだ。

この学校の教員に友人がいる十文字《じゅうもんじ》刑事《けいじ》は、頼《たの》まれてこのなぞを解明すべく学校の門をくぐった。

十文字《じゅうもんじ》刑事《けいじ》は、友人の教員に
幽霊《ゆうれい》のうわさをくわしく聞いてみた。

■**教員**「うわさの主《ぬし》は音楽室の
ベートーヴェンの肖像画《しょうぞうが》なんだ。
夕方、目が光るのを見たって言う子が
現れてから、大さわぎになっちゃって。
ちょうど、音楽室の模様替《もようが》えをしたとき
あたりからうわさが出はじめて……。
そのときにベートーヴェンの肖像画《しょうぞうが》も
配置を変えたんだけど、タタリかなぁ……」

■**十文字**「ちょっと、音楽室を見せてくれないか？」

十文字《じゅうもんじ》刑事《けいじ》は、うわさの肖像画《しょうぞうが》をじっくりながめてみた。

両目に小さな穴《あな》があいている。

床《ゆか》には、画びょうが二つ落ちていた。

「うっ、まぶしいい！」

そのとき、十文字《じゅうもんじ》刑事《けいじ》は思わず声を上げた。

窓《まど》の外を走っている車のライトだ。

冬は陽《ひ》が落ちるのが早く、周りは真っ暗になっていた。

「ベートーヴェンの目が光るなぞが解《と》けたぞ！」

十文字《じゅうもんじ》刑事《けいじ》は、にこりとした。

ベートーヴェンの目が光る原因《げんいん》は、画びょうだ。
音楽室の床《ゆか》に落ちていた二つの画びょうは、
おそらく肖像画《しょうぞうが》の目に刺《さ》さっていたものだろう。
両目の穴《あな》が物語っている。
そこに車のライトが偶然《ぐうぜん》当たり、
反射《はんしゃ》して目が光ったように見えたと思われる。
再《ふたた》び、肖像画《しょうぞうが》の位置を変えたことで、
うわさは聞かなくなった。
その後、画びょうは、音楽室のそうじをした
子どものいたずらということがわかった。

ファイルNo.3

霊《れい》能《のう》力《りょく》少女

ボクの学校には、霊能力《れいのうりょく》を持っている女の子がいる。
六年生の黒田《くろだ》レイ。
彼女《かのじょ》は透視《とうし》をして、ふうとうの中の文字を当てたりできるんだ。
スプーン曲げはもちろんのこと、イチバンすごいのは、
予言ができること。いろいろな記号のカードがあって、
ボクが引いたカードを彼女《かのじょ》は予言して当てちゃうんだ。
未来に起こることがわかるなんて、すごいことだよね。
ボクは、近所に住んでいる十文字《じゅうもんじ》刑事《けいじ》に教えてあげた。

ボク

「黒田《くろだ》さんの予言には驚《おどろ》いちゃった。
ふうとうから『〇』、『+』、『☆』が
書いてある三枚《まい》のカードを出して、
『1枚《まい》選んで?』って言うから、
ボクはその中から『☆』を選んだんだ。
そうしたら、『☆のカードのうらを見て』
と言うんで、☆のカードのうらを見ると、
『☆を選ぶ』と書いてあったんだ。
もちろん他の二枚《まい》のカードのうらには、
何も書いてなかったよ。すごいでしょう?」

■十文字刑事《じゅうもんじけいじ》

「うーん……。
キミには悪いけど、それはマジックだね。
『もう一度やって』と言っても
できないはずだ。
タネがばれるからね。
もし、キミが☆以外のカードを引いたら、
予言はどうなるかな?」

十文字刑事《じゅうもんじけいじ》は、にこりとほほえんだ。
予言のトリックはどうやったのだろう?

黒田《くろだ》はあらかじめ予言を三通り用意していたのだ。
たとえば「☆」の場合はカードのうらに「☆を選ぶ」と書き、
「○」の場合はふうとうの中に「○を選ぶ」というメモを入れておく。
そして、「＋」の場合は、ふうとうのうらに「＋を選ぶ」と書いておく。
相手に三枚《まい》のカードの中から自由に選ばせて、
引いた記号に合わせて予言を見せていたのだろう。
だから、続けてやった場合、
他の記号の予言を見られてしまうので
「もう一度やって」と言われても、
やらなかったと思われる。

ファイルNo.4

廃《はい》ホテルの幽《ゆう》霊《れい》

ある日の深夜、若者三人がおもしろ半分に、幽霊《ゆうれい》が出るとうわさされる町外《はず》れの廃《はい》ホテルに行こうと話がまとまった。

現地に着くと、三人はロビーの横のガラスが割《わ》れているのを見つけ、

そこから入った。中は、だいぶ荒《あ》らされ、家具や荷物が散乱《さんらん》していて

気味が悪かったが、ひとりひとり別々に探検《たんけん》しようということになった。

それぞれライトの灯《あか》りをたよりに、館内を回ったのだが……。

しばらくして、Aのさけび声が二階から聞こえ、

BとCはあわててかけつけた。

■若者B

「あんな大きなさけび声を上げたりして、
どうしたんだよ?」

■若者A

「い、今……、
幽霊《ゆうれい》を見たんだよ」

■若者C

「またまた〜。
オレたちをおどかそうと思って……」

■若者A

「ちがうよ！　本当に見たんだから。
オレがこの部屋に入ってきたとき、
カーテンがゆれたんだよ。
だから、そこをライトで照《て》らすと
カーテンの向こうにいる
人のシルエットがはっきり見えたんだ」

Aの言った場所を調べたが何もない。
外は月も出ていない真っ暗な場所なので、
くわしく調べられないが、
Aは本当に幽霊《ゆうれい》を見たのだろうか？

カーテンの向こうが明るい場合は、
カーテン越《ご》しにシルエットが見えることはあるが、
病院の外は月も無く、真っ暗だった。
真っ暗な中、こちらからカーテンにライトを当てても
シルエットが見えるのはおかしい。
Aがわざとウソをついて、二人を怖《こわ》がらせようとしたか、
見まちがいをしたかのどちらかの可能性《かのうせい》が高いが、
もしかしたら本当の幽霊《ゆうれい》の可能性《かのうせい》も……。

ファイルNo.5

奇《き》妙《みょう》なメッセージ

あるホテルで出張《しゅっちょう》中の会社員が、死体となって発見された。

被害者《ひがいしゃ》は、二人の部下と出張《しゅっちょう》に来ていたが、翌朝《よくあさ》部下が部屋を訪《たず》ねると、部屋の中央にあおむけで倒《たお》れていたと言う。

被害者《ひがいしゃ》は、刃物《はもの》のようなもので刺《さ》され、それが原因《げんいん》で亡《な》くなっていた。

その後の警察《けいさつ》の調べで、死亡推定時刻《しぼうすいていじこく》は午後十時前後。

犯行時刻《はんこうじこく》に被害者《ひがいしゃ》の部屋の周辺にいた人物は二人の部下にしぼられた。

青山竜太《あおやまりゅうた》

赤坂《あかさか》とは同期入社。営業成績《せいせき》では、赤坂《あかさか》と、つねに競《きそ》い合っていたが、負けていた。

赤坂翔平《あかさかしょうへい》

真面目《まじめ》で、青山《あおやま》のいやがらせや被害者《ひがいしゃ》のパワハラに悩《なや》まされていた。

現場に残された血文字が
手がかりになりそうだが、
十文字《じゅうもんじ》刑事《けいじ》は、
写真を見るうちに
不可解《ふかかい》な点を見つけた。

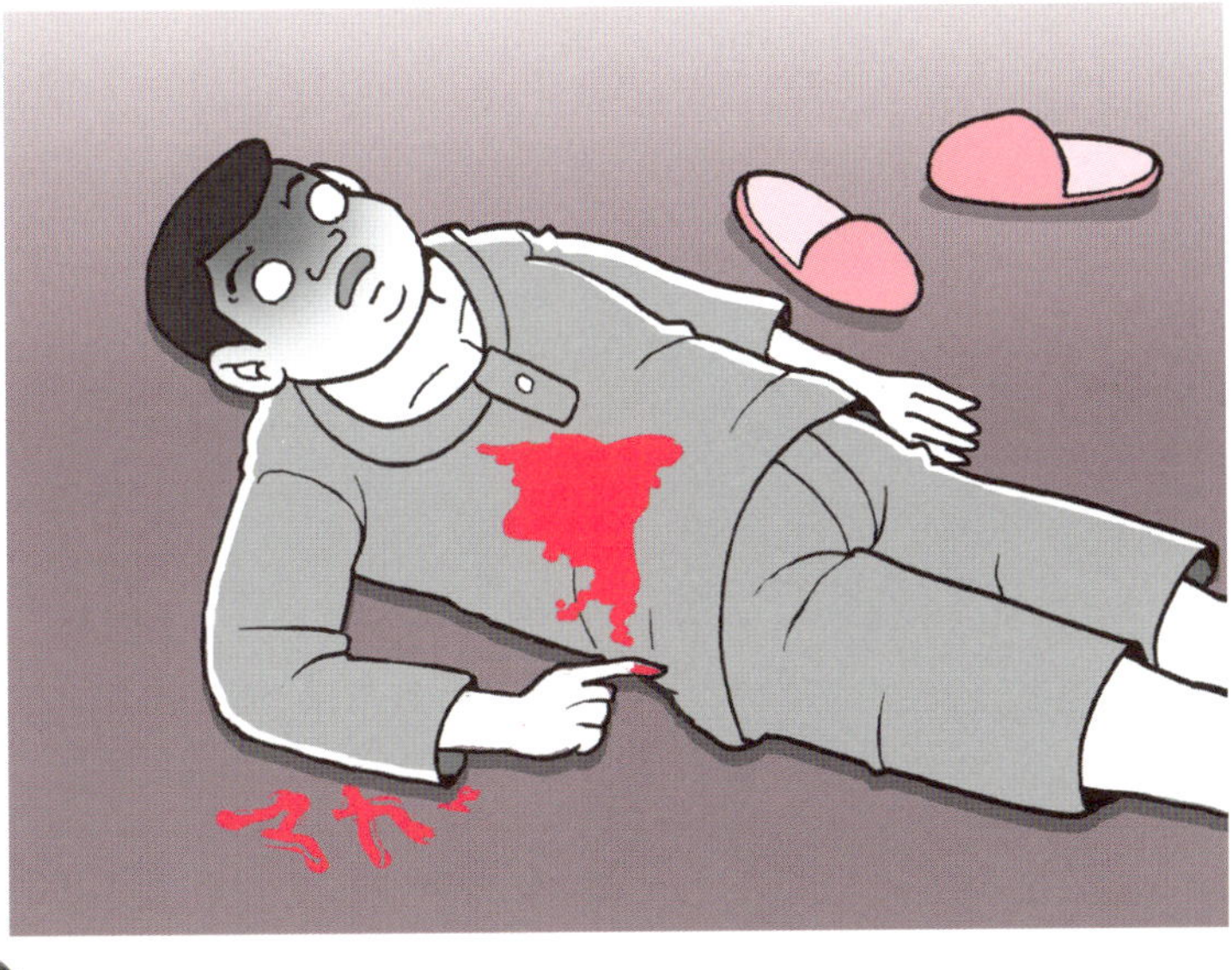

あおむけに倒《たお》れていたことがポイントになる。
仮《かり》に倒《たお》れた被害者《ひがいしゃ》が、
最後の力をふりしぼって、
床《ゆか》に犯人名《はんにんめい》を書いたのだとしたら、
わざわざ逆《さか》さまに書くだろうか？
赤坂《あかさか》のしわざに見えるように、
犯行《はんこう》におよんだ後《あと》に、
青山《あおやま》がわざと被害者《ひがいしゃ》のそばに
ダイイングメッセージを書いたと思われる。
しかし、あわてていて、文字を書く向きを間違《まちが》えてしまったのだろう。

ファイルNo.6

恐《きょう》怖《ふ》のデジタル数字

怪盗《かいとう》ドロンからの手紙が十文字刑事《じゅうもんじけいじ》のもとに届《とど》いた。
中身は一対一で知恵比《ちえくら》べをしようという文面。
十文字刑事《じゅうもんじけいじ》はワナとは知りながら、
怪盗《かいとう》ドロンの指定した場所に一人で行くことに。
そこは町外《まちはず》れにある今はだれも住んでいない、大きな屋敷《やしき》だった。
十文字刑事《じゅうもんじけいじ》が屋敷《やしき》の中に入り、あちこち探《さぐ》っていると
急にドアがしまり、開かなくなってしまった。
そこは、窓《まど》もない部屋だ。そして、そばに手紙が落ちていた。

「さあ、知恵比《ちえくら》べだ。
ここを脱出《だっしゅつ》するには、ドアプレートに
4ケタのそれぞれ違《ちが》う数字を
入力しなければならない。
まちがった数字を入力すると、
しかけた爆弾《ばくだん》が爆発《ばくはつ》するぞ。
ヒントをあげよう。
ア～エのデジタル数字だ。
その数字を入力したまえ。
ただし、どの液晶《えきしょう》も同じ位置が
2か所消えていて、
正しく表示《ひょうじ》されていない」

この部屋の
ドアを解除《かいじょ》する
4ケタの
パスワードは、
いったい
いくつだろう?

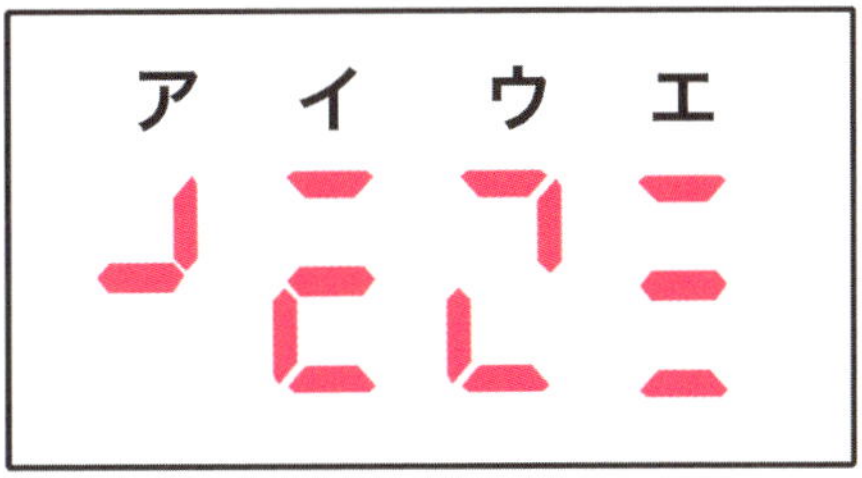

4605の順に入力する。
全ての液晶《えきしょう》の同じ部分が、
2か所消えているとすると、
アは4以外にできる数字がない。
こわれている部分は左上と右下と
いうことがわかる。
そこから判断《はんだん》し、イは6だ。
そして、
ウが0以外は考えられない。
エは5になる。

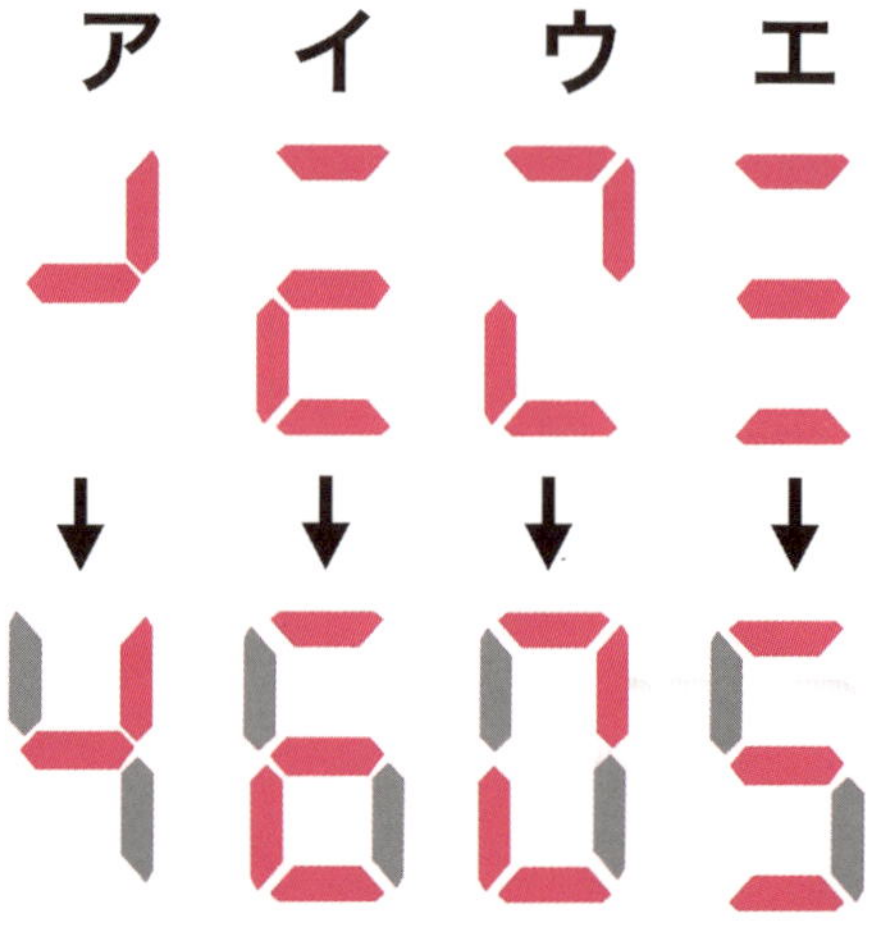

ファイルNo.7

Mちゃんからの不可思議《ふかしぎ》なメール

わたしの親友はMちゃんだ。
小学校一年生の頃《ころ》からずっと友だち。
五年生になった今も、学校の帰りはいつもいっしょなの。
でも、この頃《ごろ》中学生の女の人たちと遊んでるみたい。
この前、Mちゃんが中学生と公園にいたのを見たけど、
暗い顔をしていた。
顔にあざができていたんで、「どうしたの?」って聞いたら、
「転《ころ》んだ」って言われちゃった。

あの後《あと》、何回もメールを出しても返事がなかった。
そんなMちゃんから、とつぜん昨日《きのう》の真夜中にメールが届《とど》いたの。

こんばんは！
ロマンチックな小説を
さいきん読んで
れんあいストーリーに
るんるん気分♪
たのしい毎日
すべてが、かがやいて
けんこうだし、
テンション上がる！

こんばんは！
ロマンチックな小説を
さいきん読んで、
れんあいストーリーに
るんるん気分♪
たのしい毎日
すべてが、かがやいて
けんこうだし、
テンション上がる！

それを読んでわたしは、
しっくりしない感じがした。
一見、メールから
楽しさがあふれているけど、
いつものMちゃんじゃない感じ。

このメールの
本当に言いたかったことは
いったいなんだろう？

これは何気ない文章に見せかけて、
自分にせまる危険《きけん》を友だちに知らせ、
助けをもとめているメールだ。
メールの各列の最初の一文字だけをひろって読むと、
「ころされるたすけて」となる。
おそらくMは、いじめを知らせようとしたのだ。
それがばれないように、
普通《ふつう》の文章に救《すく》いをもとめるメッセージを
まぎれこませたのだろう。

ファイルNo.8 心霊《しんれい》写真事件《じけん》

虹《にじ》が原《はら》小学校の六年生の子どもたちが、遠足に行ったときの写真が、廊《ろう》下《か》に掲示《けいじ》されたが、その中の一枚《まい》に幽霊《ゆうれい》が写《うつ》っているとウワサになった。滝《たき》の前で四人の男の子が撮《と》った記念写真で、一人の子どもの肩《かた》に、だれのでもない手が写《うつ》っていたのだ。

子どもたちは滝《たき》で亡《な》くなった人の呪《のろ》いだとか、自ばく霊《れい》だとかさわぎだし、収拾《しゅうしゅう》がつかなくなった。

困《こま》った先生は、写真を撮《と》った子どもたちから話を聞くことにしたのだが……。

けっきょく、ウワサの心霊《しんれい》写真は、
子どもたちのイタズラだということが判明《はんめい》。

■新井《あらい》
「ぼくは、イタズラをやっていません。
やったのは遠藤《えんどう》です」

■井上《いのうえ》
「ぼくは、
そんなイタズラやってないです。
第一、写真を撮《と》ったとき
なんにも気がつかなかったし……」

内田《うちだ》
「新井《あらい》は、ウソをついていないです。ウソつきは別の子ですよ」

遠藤《えんどう》
「ぜったい井上《いのうえ》は、ウソをついています」

写真を拡大《かくだい》すると、だれかが肩《かた》に乗せたうす茶色の手袋《てぶくろ》が写《うつ》っていた。四人の中にイタズラしたのは、一人。ウソをついている子どもが犯人《はんにん》だ。

新井《あらい》がウソをついているとした場合、
内田《うちだ》や遠藤《えんどう》の発言もウソをついていることになってしまう。
井上《いのうえ》がウソつきだとすると、
新井《あらい》や内田《うちだ》の言っていることもウソになる。
内田《うちだ》がウソをついた場合は、
新井《あらい》や遠藤《えんどう》もウソになる。
遠藤《えんどう》がうそをついた場合のみ、
ウソつきが一人となる。
イタズラしたのは遠藤《えんどう》。

ファイルNo.9

A《エー》L《エル》T《ティー》殺人事《じ》件《けん》

とある小学校で
ALT《エーエルティー》（外国語指導《しどう》助手）のロバート・ブラウンが殺された。

彼《かれ》はアメリカ人で、英語教師《きょうし》とともに子どもたちに英語を教えていた。気さくな性格《せいかく》で、子どもたちにも人気があった。

その日も授業《じゅぎょう》を終え、英語教師《きょうし》が明日の打ち合わせをしようとしたが、ロバートの姿《すがた》が見えなかった。そこで、校内を探《さが》したところ、空《あ》き教室で何かで刺《さ》され亡《な》くなっているのを発見した。

警察《けいさつ》にすぐさま連絡《れんらく》が行き、警察官《けいさつかん》が現場に飛んできた。

その後、警察《けいさつ》の調べで、授業後《じゅぎょうご》に被害者《ひがいしゃ》に接触《せっしょく》した
三人が浮《う》かび上がった。

■**秋田結衣**《あきたゆい》　英語教師《きょうし》
ロバートといっしょに
子どもたちに英語を教えている。
死体の発見者。

■**富山大介**《とみやまだいすけ》　3年1組担任
英語が好きで、ロバートとも
交流がある。
教育熱心。

■**石川《いしかわ》雄太《ゆうた》**　1年1組担任《たんにん》

ロバートには、自分のクラスの英語を担当《たんとう》してもらっているが、あまり交流はない。英語教師《きょうし》の秋田結衣《あきたゆい》に好意をもっている。

現場にあらそった跡《あと》はなく、顔見知りの犯行《はんこう》と見られる。手がかりは、遺体《いたい》のそばに被害者《ひがいしゃ》が書いたと思われる血文字の「H」らしきものだ。これは、何を意味しているのだろう？

現場に残された「H」が、
犯人《はんにん》のイニシャルではないとすると、
別のものを示《しめ》している。
文字の線と線の間が、
びみょうに空《あ》いていることに着目。
これは「1－1」だ。
つまり、1年1組を
あらわしていたものだと推測《すいそく》される。
したがって、ロバートを殺した犯人《はんにん》は、
1年1組担任《たんにん》の石川雄太《いしかわゆうた》の可能性《かのうせい》が高い。

推《すい》理《り》力《りょく》テスト①

●ひき逃《に》げ犯《はん》の車はどれだ？

ひき逃《に》げ犯《はん》の車のナンバーを目撃者《もくげきしゃ》がスマホで撮影《さつえい》した。犯人《はんにん》の車のナンバーは、ア～エのどれだろう？

ア

イ

ウ

エ

こたえは126ページ

推《すい》理《り》力《りょく》テスト❷

●幽霊《ゆうれい》はだれだ？

ある小学校の遠足で
記念写真を撮《と》ったところ、
幽霊《ゆうれい》が写《うつ》っていたらしい。
幽霊《ゆうれい》はすべての写真に
写《うつ》っていると言うが
だれが幽霊《ゆうれい》だろう。

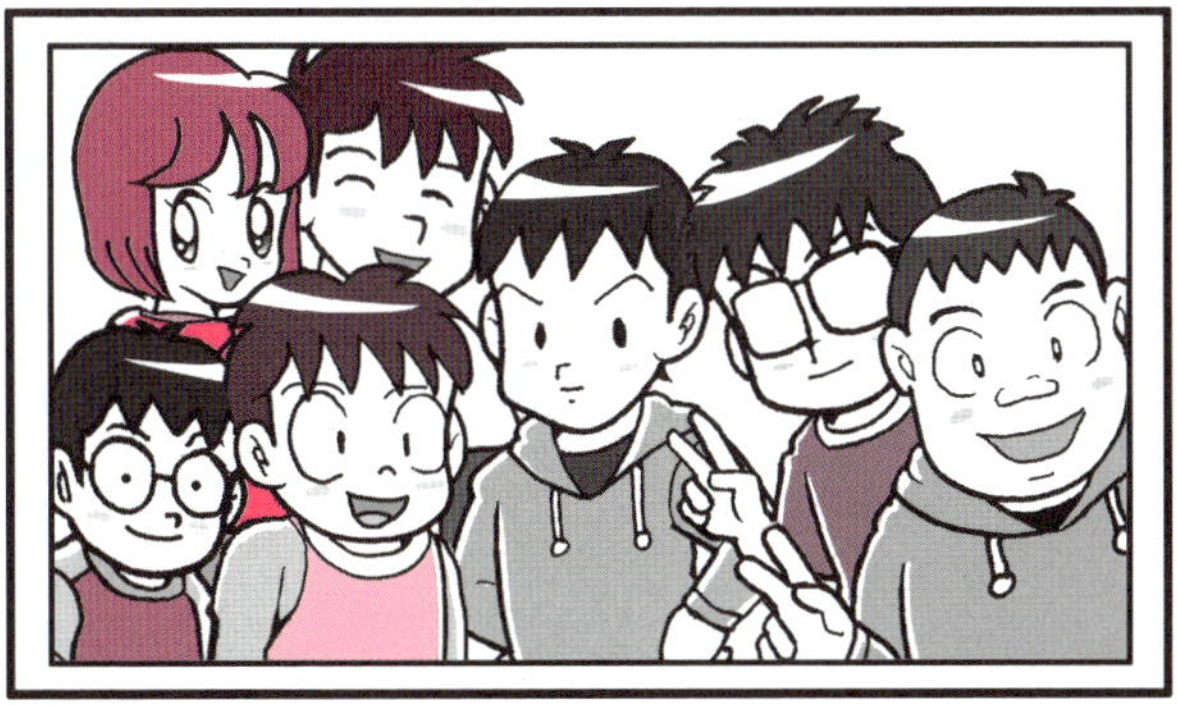

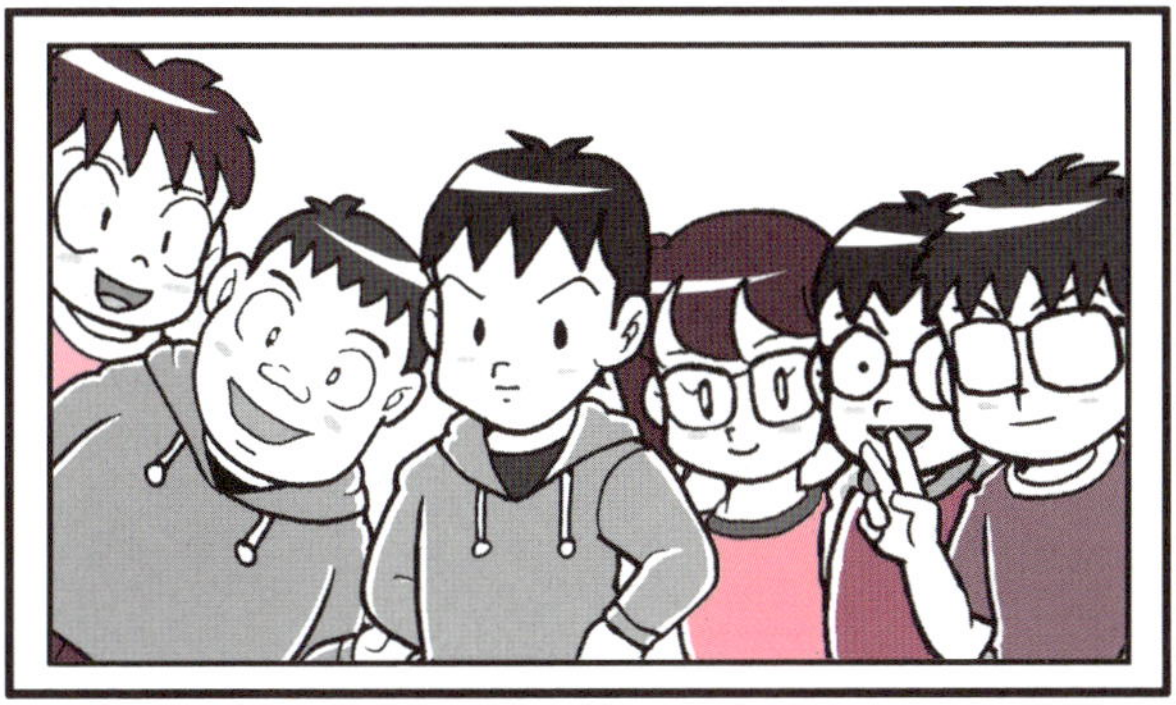

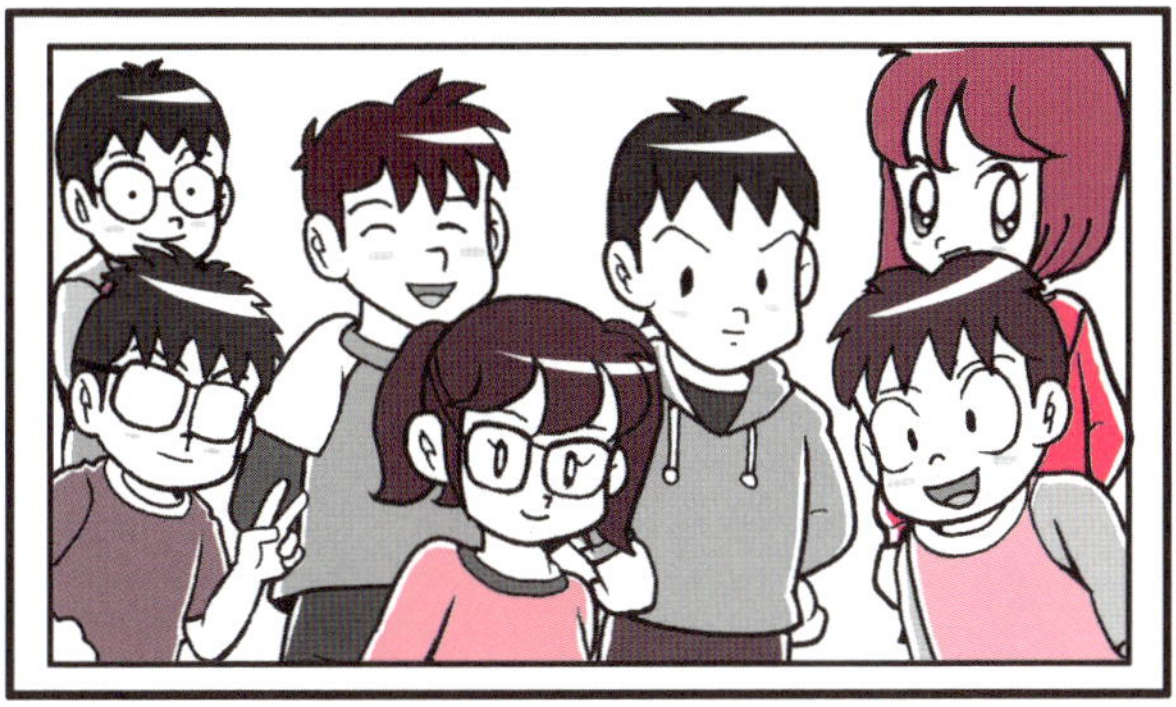

こたえは126ページ

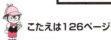

観《かん》察《さつ》力《りょく》テスト①

●不気味なメモ

なぞの犯《はん》罪《ざい》組《そ》織《しき》の一人が
逮捕《たいほ》された。
男があやしげな文面の
メモをもっていたが、
集合時間を示《しめ》した
暗号らしい。
解読できるかな？

こうもりの頭
時間の最後
やみ夜の始まり
ろうそくの終わり
地獄の入り口

こたえは126ページ

ファイルNo.10

マンション殺人事《じ》件《けん》

とあるマンションで一人暮《ぐ》らしの男性《だんせい》が殺された。

たまたま部屋を訪《おとず》れた被害者《ひがいしゃ》の妹が遺体《いたい》を発見して、警察《けいさつ》に連絡《れんらく》。

十文字刑事《じゅうもんじけいじ》は、すぐさま現場に飛んだ。

殺害現場には、被害者《ひがいしゃ》の男性《だんせい》が最後の力をふりしぼって書いたと思われるダイイングメッセージが、血文字で残されていた。

その後の調べで、犯行時刻《はんこうじこく》に殺害現場付近にいた人物が三人にしぼられ、十文字刑事《じゅうもんじけいじ》が事情《じじょう》を聞くことになった。

■秋《あき》葉《ば》拓《たく》也《や》　フリーライター　31才

310号室

被害者《ひがいしゃ》と同じマンションの同じフロアに住んでいる。

被害者《ひがいしゃ》と面識《めんしき》はあるが、あいさつを交《か》わす程度《ていど》。

■神《かん》田《だ》文《ふみ》人《ひと》　会社員　35才

103号室

被害者《ひがいしゃ》と同じ会社に勤務《きんむ》している。

仕事で口論《こうろん》することがあり、あまり仲《なか》は良くない。

山口《やまぐち》 一《はじめ》 会社員 42才
203号室
被害者《ひがいしゃ》とは
ライバル会社に勤務《きんむ》していて、
面識《めんしき》がある。
新製品の開発でもめているところを、
同じフロアの住人に
目撃《もくげき》されたことがある。

現場に残されたダイイングメッセージは
写真のような状態《じょうたい》だった。
これは、いったいだれを意味してるのだろう？

現場に残されたダイイングメッセージは、
一見すると数字、
すなわち「301」に見える。
部屋番号だろうか？
しかし、数字だとすると
「1」の書き方が下から上に書かれているのでおかしい。
書き順の関係からこれは、縦《たて》に見るべきだろう。
すると、「山口《やまぐち》 一《はじめ》」と読める。
被害者《ひがいしゃ》は、これを伝えたかったと思われる。

ファイルNo.11

小説家の死

小説家の結城《ゆうき》一也《かずや》が自宅《じたく》で亡《な》くなったと、恋人《こいびと》の松本咲良《まつもとさくら》から警察《けいさつ》に通報《つうほう》があった。しばらく結城《ゆうき》と連絡《れんらく》が取れなかったので、心配になり自宅《じたく》を訪《たず》ねてみて、遺体《いたい》を発見したと言う。

警察《けいさつ》がかけつけると、毒物《どくぶつ》を摂取《せっしゅ》したと思われる薬びんや、カップからこぼれたコーヒーなどがテーブルにあった。

そして、そばには遺書《いしょ》らしき手紙が残されていた。

十文字刑事《じゅうもんじけいじ》は、恋人《こいびと》の松本咲良《まつもとさくら》に発見時の様子を聞いてみた。

■松本咲良《まつもとさくら》　結城《ゆうき》の恋人《こいびと》

「彼《かれ》とは以前は毎日のように
連絡《れんらく》を取っていたんですけど、
四、五日連絡《れんらく》が途絶《とだ》えていました。
最近アイデアが出なくて
仕事に行きづまっていたみたい
だったんで、部屋を訪《たず》ねたら
亡《な》くなっていました。
すぐに警察《けいさつ》に連絡《れんらく》をしましたが、
遺体《いたい》にはいっさい触《さわ》っていません」

遺体《いたい》のそばのデスクには
パソコンで書かれた紙が
こぼれたコーヒーの上に置かれていた。

> 咲良　ごめん
> もう生きていく自信がない
> 一也

十文字刑事《じゅうもんじけいじ》は、これは自殺ではないと判断《はんだん》した。
理由はなんだろう？

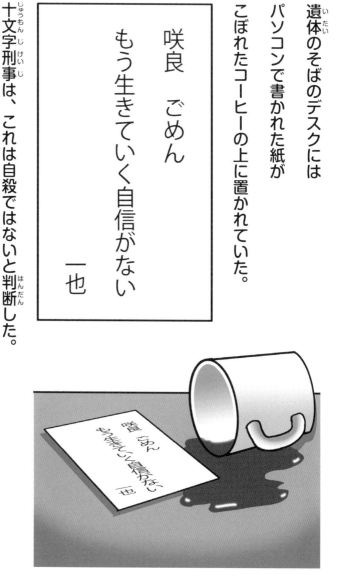

遺書《いしょ》が結城《ゆうき》の亡《な》くなった後《あと》に、つくられた可能性《かのうせい》が高い。
毒物《どくぶつ》を飲んで自殺したなら、遺書《いしょ》は死ぬ前に書くはず。
それなのにテーブルを見ると、
こぼれたコーヒーの上に、よごれずに遺書《いしょ》が置かれている。
ふつうは、先に書いた遺書《いしょ》の上に、
コーヒーがこぼれるはずなのに、不自然だ。
遺書《いしょ》も筆跡《ひっせき》をごまかすために、
パソコンでうったのだろう。

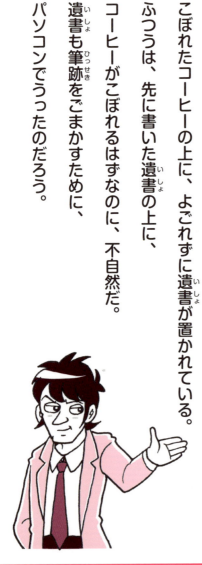

ファイルNo.12

キーワードをさがせ！

ある強盗犯《ごうとうはん》のグループの一人が警察《けいさつ》に逮捕《たいほ》された。
残りのメンバーは警察《けいさつ》の目をかいくぐって、
どこかに逃《に》げてしまった。
所持品を調べるとスマートフォンに何か
暗号めいたデータが残されている。
グループでは仲間《なかま》との連絡《れんらく》を他にさとられないように、
暗号で指示《しじ》を伝え合っていたようだ。
男はいっこうに口を割《わ》らない。

スマートフォンには
次のような文が
表示《ひょうじ》されていた。

【注意をはらって読め】

■十文字刑事《じゅうもんじけいじ》
「だめだ！
さっぱりわからない」

あ	ち	い	い	し	つ
つ	じ	ち	び	ち	ち
い	に	ご	ゅ	ぶ	ぎ
ま	い	ご	う	い	は
ち	ち	く	る	や	ち
れ。	ゅ	う	に	の	ゆ

「注意をはらって……
ちゅういをはら……」
十文字《じゅうもんじ》刑事《けいじ》は頭をひねった。

しかし、何度か見直すうちに、
暗号を解読するキーワードが
ひらめいた。
何と書いてあるのだろう？

キーワードは、「注意」をはらうだ。
つまり、暗号文の中の
「ち」「ゅ」「う」「い」という文字を取り払《はら》って
縦《たて》に読めば良い。
解読すると、
「つぎはしぶやのびるにごごくじにあつまれ。」
（次は、渋谷《しぶや》のビルに午後九時に集まれ。）
となる。

ファイルNo.13

ダイイングメッセージはどこに⁉

ある女性《じょせい》が、スーパーでの買い物帰りにひき逃《に》げにあって、息《いき》を引き取った。周りは人通りの少ない道で、目撃者《もくげきしゃ》はいない。女性《じょせい》が息《いき》を引き取った後《あと》、たまたま付近を通りかかった人が被害者《ひがいしゃ》を発見して、警察《けいさつ》に通報した。警察《けいさつ》が到着《とうちゃく》すると、被害者《ひがいしゃ》の女性《じょせい》の周りには、買った品物が散乱《さんらん》していて、事故《じこ》の激《はげ》しさを物語っていた。

残念《ざんねん》なことに、周辺には防犯《ぼうはん》カメラは設置《せっち》されておらず、手がかりが残っていなかった。

警察官《けいさつかん》は、犯人《はんにん》の手がかりがないか、
現場をくまなく捜索《そうさく》した。
車のナンバーを示《しめ》す
メッセージでもあればよいが、
現場は
硬《かた》いアスファルトで固められていて、
文字など書けない。
遺体《いたい》の周囲には、
カップめん、お菓子《かし》、くだもの
などが散乱《さんらん》していた。

何の成果《せいか》もなく、
あきらめかけたそのとき、
警察官《けいさつかん》は
あるものを発見した。
そこには、
ひき逃《に》げした車の
ナンバーと思《おぼ》しきものが、
書かれていた。
それは、何にだろう。

バナナの皮《かわ》に車のナンバーが、書かれていた。
ひき逃《に》げ現場にあった品物は、筆記《ひっき》用具でもなければ、
メモできないものばかりだが、バナナはちがった。
バナナの表面は少しのキズなどついても、
時間が経《た》つとそこが黒くなる。
はじめは変化がないので気づかなかったのだ。
ひき逃《に》げにあった女性《じょせい》は、逃《に》げて走り去《さ》る車のナンバーを
バナナの皮《かわ》にツメでキズをつけて、メッセージとして残していた。

ファイルNo.14

きもだめし

ある中学校で林間学校のレクリエーションとして、きもだめしをおこなうことになった。そこは、公園近くのお社《やしろ》で、周りを木々《きぎ》に囲まれていて、雰囲気《ふんいき》満点の場所だ。きもだめしのやり方は、お社《やしろ》に人数分のロウソクを置き、公園から一人ずつ出発して、お社《やしろ》に行った証《あかし》に、ロウソクを持って帰ってくる形式だ。

ところが、戻《もど》ったロウソクを確認《かくにん》しておらず、終えてみると一本足《た》りなかった。

ある班《はん》のだれかが、持ち帰らなかったらしいのだが……。

明らかに四人のうちのだれか一人、
お社《やしろ》まで行かずに途中《とちゅう》で帰ってきたものがいるはずだ。

■タイチ

「ぼくは、二番目に戻《もど》ってきたんだ。
もちろん、お社《やしろ》まで行ったよ」

■ショウ

「オレが、戻《もど》ったすぐ後《あと》に、
ヒロムが戻《もど》ってきたな」

ヒロム

「ぼくが戻《もど》ると、
出発を待っている人が二人いたよ。
暗くて、だれかはわからなかったけど」

タカシ

「ぼくが、一番に出発して
最初に戻《もど》ってきたんだ。
ロウソクだって取ってきたよ」

四人のうち、お社《やしろ》まで行かなかったものがウソをついている。
途中《とちゅう》で引き返してきたのは、だれだろう？

タイチがウソだった場合、タイチは二番でないことになり、
ショウの証言《しょうげん》から、後《うし》ろはヒロムになる。
ヒロムは後《うし》ろに二人いたと言うが、タカシが一番と言っていることから、
後《うし》ろに二人はいないので話がなりたたない。
次にショウがウソだった場合は、
他の証言《しょうげん》から、タカシが一番、タイチが二番。
しかし、ヒロムの後《うし》ろに二人はいないので話が合わない。
タカシがウソだった場合、タイチが二番、ショウの後《うし》ろにヒロムと続くが、
ヒロムの後《うし》ろに二人いないのでなりたたない。
ヒロムがウソの場合のみ、話が成立する。

ファイルNo.15

作曲家殺人事《じ》件《けん》

とある作曲家の男性《だんせい》が自宅《じたく》で刃物《はもの》のようなもので殺された。
被害者《ひがいしゃ》は作曲家としてヒット曲も多く、知名度も高かった。
発見したのは友人の男性《だんせい》で、
数日間連絡《れんらく》が取れないことを心配して自宅《じたく》を訪《たず》ねたのだと言う。
警察《けいさつ》の捜査《そうさ》で、死因《しいん》は首をしめられたことによる窒息死《ちっそくし》。
防犯《ぼうはん》カメラの解析《かいせき》で、死亡《しぼう》したと見られる時間に
現場周辺にいた容疑者《ようぎしゃ》は、三人にしぼられた。

■**設楽航平**《しだらこうへい》　作詞家《さくしか》

被害者《ひがいしゃ》の友人。死体の発見者。
被害者《ひがいしゃ》に借金《しゃっきん》があり、
返済《へんさい》をさいそくされる。

■**下見雄二**《したみゆうじ》　作曲家

被害者《ひがいしゃ》の先輩《せんぱい》。
売れっ子作曲家だが、
盗作疑惑《とうさくぎわく》がある。

■**明日香《あすか》ゆいな**　地下アイドル
被害者《ひがいしゃ》と交際していたが、
別れ話が出ていた。

現場には、被害者《ひがいしゃ》が残した楽譜《がくふ》に
血で書かれた矢印のようなものが残されていた。

被害者《ひがいしゃ》のダイイングメッセージは、
犯人《はんにん》に気づかれないように、
音階で名前のヒントを知らせていた。
被害者《ひがいしゃ》が書いたのは「ファ」の音階。
そして、その下を示《しめ》していた。
「ファ」の下は「ミ」。
つまり、犯人《はんにん》は下見《したみ》の可能性《かのうせい》が極《きわ》めて高い。

ファイルNo.16

遺書《いしょ》の闇《やみ》

資産家《しさんか》の金野有也《きんのゆうや》が亡《な》くなっていた。
自室で薬を飲んで亡《な》くなっているのを妻《つま》が発見して、警察《けいさつ》に連絡《れんらく》。
警察《けいさつ》が到着《とうちゃく》して、室内を調べると金野《きんの》が書いた遺書《いしょ》が見つかった。
警察《けいさつ》の捜査《そうさ》では、遺書《いしょ》はパソコンで書かれたものであるが、
パソコンのキーボードには本人以外の指紋《しもん》もなく、
自殺の方向で処理《しょり》することになった。
しかし、十文字刑事《じゅうもんじけいじ》はなぜか自殺という死因《しいん》に
ひっかかるものがあり、妻《つま》に話をくわしく聞いた。

十文字刑事《じゅうもんじけいじ》「亡《な》くなったご主人の最近の様子を聞かせてください」

夫人《ふじん》「主人は、仕事も順調で、毎日あわただしい生活を送っていましたが、自殺をするような気配はいっさいありませんでした。亡《な》くなった当日、わたしは出かけましたが、表情《ひょうじょう》も明るかったです。それが、夕方帰ったらあんなことになっているなんて……」

金野《きんの》には子どもがいるが、
遺言書《ゆいごんしょ》には
「遺産《いさん》はすべて、
娘婿《むすめむこ》のたかしに
相続させる」
と書かれていた。
十文字刑事《じゅうもんじけいじ》は、
その遺書《いしょ》を
ながめているうちに、
違和感《いわかん》を覚《おぼ》えた。それは、なぜだろう？

> おれはつかれた。
> どんなにがんばっても、むだに終わった。
> 遺産はすべて、娘婿のたかしに相続させる。
>
> 金野有也

パソコンのキーボードには、金野《きんの》の指紋《しもん》しかなかったが、自殺に見せかけるために、無理やり書かされた可能性《かのうせい》がある。

それが証拠《しょうこ》にパソコンの印字の一部に、書体の違《ちが》う文字が混《ま》じっている。

その部分だけを順番に拾《ひろ》って読んでいくと「はんにんはたかし」となる。

金野《きんの》が仕事も順調で元気だったことと、残された遺書《いしょ》の暗号を考えると、娘婿《むすめむこ》のたかしが遺産《いさん》を独《ひと》り占《じ》めしようと自殺に見せかけ殺害した可能性《かのうせい》が高い。

ファイルNo.17

爆弾魔《ばくだんま》

ある日、十文字刑事《じゅうもんじけいじ》の自宅《じたく》に宅配便《たくはいびん》が届《とど》けられた。
差出人は見知らぬ人物だった。
不思議に思いながらも荷物を開封《かいふう》していくと、
中からカチカチと時計のような音が聞こえる。
あわてて荷物を取り出すと、時限爆弾《じげんばくだん》がしかけられていた。
爆弾《ばくだん》の時間表示《ひょうじ》は、
見ているうちにどんどんカウントダウンされていく。
十文字刑事《じゅうもんじけいじ》は、爆発《ばくはつ》の設定《せってい》の解除《かいじょ》を試《こころ》みた。

爆弾《ばくだん》の中央には、デジタル時計と
数字の書かれたボタンがついている。
そして、わきに手紙があった。

【十文字刑事《じゅうもんじけいじ》へ
これはゲームだ！
爆弾《ばくだん》を解除《かいじょ》するには、
1から9まで9個《こ》の数字の順に
ボタンを押《お》していかなければならない。
マスの縦《たて》、横、ななめは
どれを足《た》しても同じ数になる。
マスの中には、同じ数字は入らない】

爆発《ばくはつ》まで、
もう時間がない。
どこに何の数字を入れたらいいだろう？

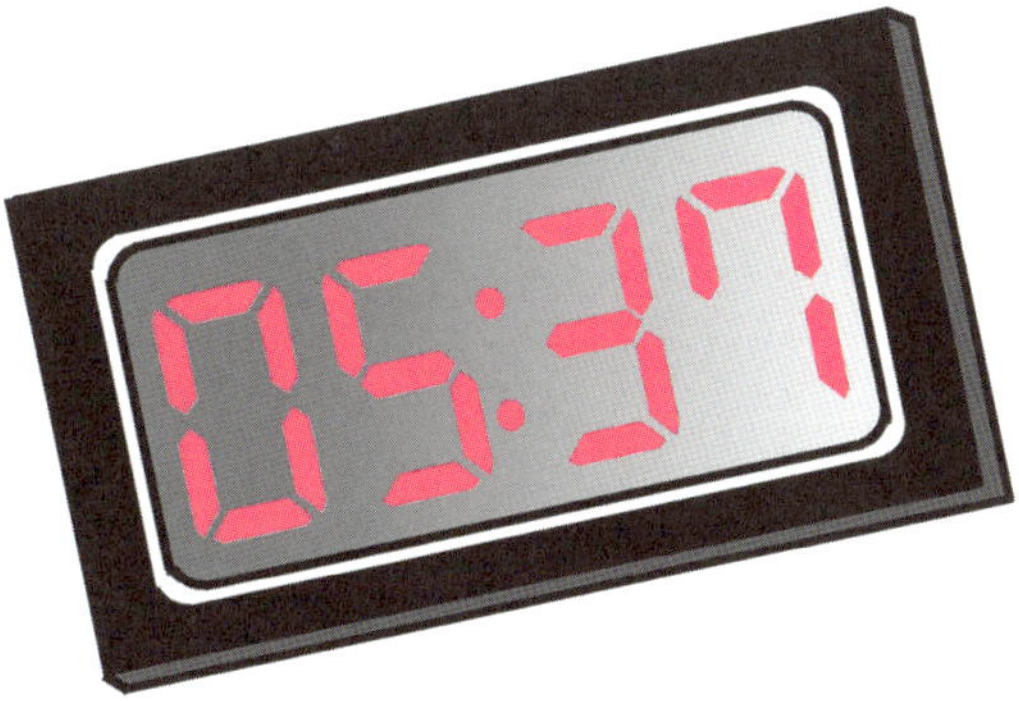

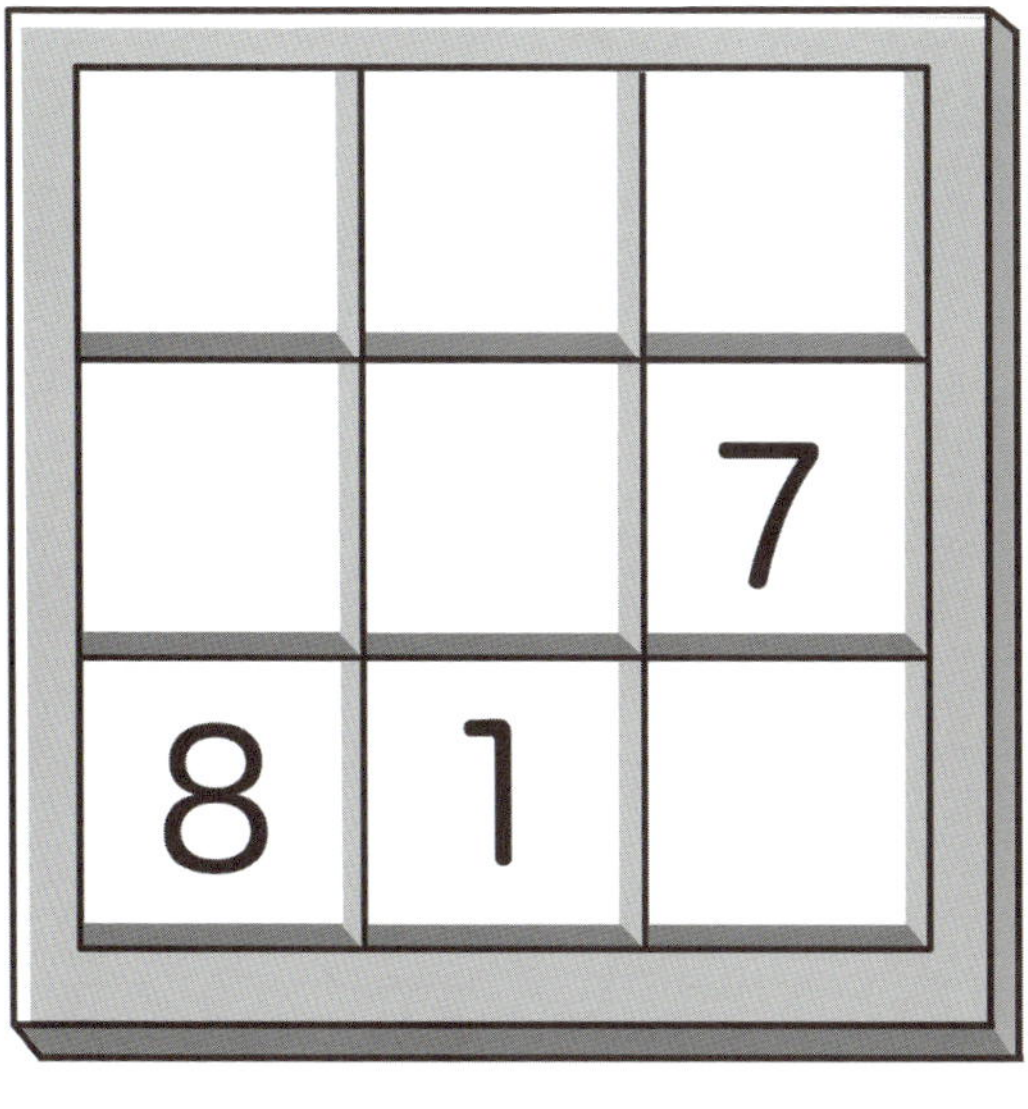

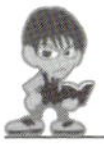

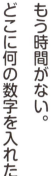

縦《たて》、横、ななめのどこを足《た》しても同じ数になる。
これは、魔方陣《まほうじん》だ。
合計はどこも15になる。下のマスの8と1を足《た》して9。
15ひく9は、6なので、一番右下は6が入る。
6の上には7があり、合計は13。
したがって、右上は2になる。
2とななめ左下の8を足《た》すと10。
15から10を引くと中央は5。
このように順番に計算すると図のようになる。
十文字刑事《じゅうもんじけいじ》は数字を入力し、無事爆弾《ばくだん》の装置《そうち》を解除《かいじょ》した。

4	9	2
3	5	7
8	1	6

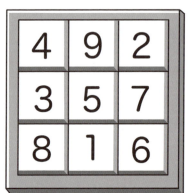

ファイルNo.18

不可解《ふかかい》な死体

とあるアパートで男の死体が発見された。
しばらく連絡《れんらく》の取れない住人を不審《ふしん》に思った管理人が部屋を訪《おとず》れ、
死んでいるのを見つけて警察《けいさつ》に通報した。
警察《けいさつ》の調べで、男は詐欺《さぎ》グループの一員で、
このアパートにも仲間《なかま》が時々出入りしていた形跡《けいせき》があった。
男は拳銃《けんじゅう》自殺をしたようで、そばには拳銃《けんじゅう》があり、
指紋《しもん》も男のものと一致《いっち》。
十文字刑事《じゅうもんじけいじ》が管理人にくわしく話を聞いた。

管理人

「郵便《ゆうびん》受けに新聞や郵便物《ゆうびんぶつ》が
だいぶたまっていたんで、
部屋に様子を見に行ったんですよ。
いくら呼《よ》んでも
応答《おうとう》がなかったんですが、
ドアのカギが開いていたんで、
心配で中をのぞいたんです。
そうしたら、
あんな状態《じょうたい》で亡《な》くなっていました」

男は拳銃《けんじゅう》で自分の頭を撃《う》ったと見えて、
それが死体の近くにあった。
そして、手にはペンが握《にぎ》られて、
もう片方《かたほう》の手には遺書《いしょ》の
ような走り書きを持っていた。
その文面は、次のように書かれていた。
「取り返しのつかないことをした。
ゆるしてほしい」
これは自殺だろうか？
他殺だろうか？

これは明らかに他殺だ。
一見すると遺書《いしょ》があり、犯罪《はんざい》に加わった犯人《はんにん》が
罪《つみ》の重さに後悔《こうかい》して自殺を図《はか》ったように見える。
しかし、遺書《いしょ》がおかしい。
普通《ふつう》は死ぬ前に書き、その後《あと》、拳銃《けんじゅう》を使うはずだ。
なので、男の手にはペンが握《にぎ》られているはずがない。
自殺した後《あと》に遺書《いしょ》を書いたことになってしまう。
男を殺した犯人《はんにん》は、自殺に見せかけるために偽装《ぎそう》をしたが、
方法を間違《まちが》えたのだろう。

推《すい》理《り》力《りょく》テスト③

●奇《き》怪《かい》な手紙

警察《けいさつ》は特殊詐欺《とくしゅさぎ》グループのアジトの情報《じょうほう》をつかみ、あるマンションに逮捕《たいほ》にむかった。
しかし、いち早く情報《じょうほう》をキャッチしたグループはすぐに逃《に》げ出してしまった。
警察《けいさつ》が到着《とうちゃく》したときにはそこはもぬけのからだった。
あったのは紙きれが一枚《まい》。
情報《じょうほう》によると、次に集まる連絡《れんらく》らしい。
なんと読むのだろう？

記次共゛次
穴話沖゛
雪記穴予。

こたえは126ページ

観察力《かんさつりょく》テスト②

●歩く人形

修学旅行《しゅうがくりょこう》で
旅館に泊《と》まった子どもたちが、
奇妙《きみょう》な体験をした。
部屋に飾《かざ》ってあった
人形の位置が、
朝になって変わっていたらしい。
元あった順番は、
どうだったのだろう？

歩く人形

はく製《せい》のとなりには
長いかみの毛の人形はなかったよ

かみの毛の短い人形は
左はしじゃなかった

かみの毛の短い人形の
両どなりは、こけしと
はく製《せい》だった

かみの毛の長い人形は
右はしにあったよ

こたえは126ページ

推《すい》理《り》力《りょく》テスト④

●幽霊《ゆうれい》をさがせ！

心霊《しんれい》スポットで
撮《と》った写真の中に、
幽霊《ゆうれい》が写《うつ》って
いると言う。
だれが幽霊《ゆうれい》だろう？

こたえは126ページ

ファイルNo.19

千《せん》里《り》眼《がん》

「千里眼《せんりがん》」とは、離《はな》れたところから遠いところの出来事がわかったり、透視《とうし》したりする能力《のうりょく》のことである。

ある男子学生が、就職《しゅうしょく》活動に度々《たびたび》失敗《しっぱい》したり、両親を亡《な》くし悩《なや》んでいたときに、道で女性《じょせい》に声をかけられた。自分は「心が元気になる講演会《こうえんかい》」に行く途中《とちゅう》だが、学生がつらそうにしていたので声をかけたと言う。学生は会場に行く道すがら、女性《じょせい》に事情《じじょう》を話し、女性《じょせい》から悩《なや》みを解決《かいけつ》できる方法があるとはげまされた。会場に着くと、学生は女性《じょせい》が「先生」とあがめる人の霊能力《れいのうりょく》に驚《おどろ》かされることに……。

「かがやき元気講演会《こうえんかい》」と書かれた紙がはられていたのは、マンションの一室。
そこには学生と女性《じょせい》、そして、係の男性《だんせい》しかいなかった。

■係の男

「あなたは、先生のお力を疑《うたが》っていませんか?
これから、先生の千里眼《せんりがん》をお見せしましょう」
そう言うと、男は学生にサイコロを渡《わた》し、
振《ふ》るようにいった。
目は「2」が出た。
すると、係の男はおもむろにスマホを取り出し、
別の場所にいる先生と呼《よ》ばれる男に電話した。

■**係の男**「では、先生。サイコロは、いくつでしょう?」

■**先　生**「2です」

電話の向こうから、そくざに答えが返ってきた。

半信半疑《はんしんはんぎ》だった学生が、

もう一度サイコロを振《ふ》ると「6」。

■**係の男**「いくつですか?　先生」

■**先　生**「6です」

学生がさらにもう一度、サイコロを振《ふ》ると「1」が出た。

■**係の男**「あ、先生。いくつでしょう?」

■**先　生**「1です」

透視《とうし》すべて的中。これは、霊能力《れいのうりょく》なのだろうか?

係の男が、電話をかけたときの
最初の単語の数がキーワードになっている。
「1」のときは、「あ」
「2」のときは、「では」
「6」のときは、「いくつですか」
というふうに文字数が決められていて、
係の男が「先生」と言い出すまでの字数が、
サイコロの目の数だった。
これは霊《れい》能力《のうりょく》などではなく、
暗号を使ったトリックだろう。

ファイルNo.20

雲を消す男

虹《にじ》が原《はら》町のとある施設《しせつ》で、霊能者《れいのうしゃ》で如月玄幽《きさらぎげんゆう》と名のる男が開催《かいさい》する「かがやき元気講演会《こうえんかい》」がおこなわれることになった。

如月玄幽《きさらぎげんゆう》は、会員たちからは「先生」と呼《よ》ばれ、あがめられていた。彼《かれ》の霊能力《れいのうりょく》である「千里眼《せんりがん》」は、100パーセント的中。会員たちからぜつだいな信頼《しんらい》を得ていた。

そんな評判《ひょうばん》を聞きつけ、超能力《ちょうのうりょく》や超常現象《ちょうじょうげんしょう》に興味《きょうみ》のある十文字刑事《じゅうもんじけいじ》は、休日に講演会《こうえんかい》をのぞいてみることにした。

会場には大勢《おおぜい》の参加者がいて、
にぎわっていた。
玄幽《げんゆう》は別の部屋にいながら、
サイコロの出た目を透視《とうし》したり、
予言を披露《ひろう》して
参加者たちを驚《おどろ》かせた。
最後に玄幽《げんゆう》は、参加者たちを
施設《しせつ》の外に出させて、
霊能力《れいのうりょく》の実験をすると言った。

「これから、わたしの力で
あそこに見える雲を消して見せよう！」
玄幽《げんゆう》が雲をにらみ、
手を振《ふ》り上げ、念を込《こ》めた。
やがて、玄幽《げんゆう》が示《しめ》した雲は、
たんだんうすくなり、
数分後にはみごと消えてしまった。
参加者たちから歓声《かんせい》があがったが、
十文字《じゅうもんじ》刑事《けいじ》は
納得《なっとく》のいかない表情《ひょうじょう》を浮《う》かべた。

実際に外に出てやってみると、
だれでもできることにおどろくかもしれない。
はじめはなるべく小さめなもので、他の雲と離《はな》れているものを見つけ、
心で「消えろ、消えろ」と念じてみよう。
すると、2～3分で消える。
実は玄幽《げんゆう》のおこなったことは、科学現象を利用しているだけだ。
雲は、常《つね》にできたり、消えたりをくり返しているので、
念力で消えたように見えただけ。
タネを明かせば、「消えろ」などと念じなくても、
自然に消える現象だ。

ファイルNo.21

意外な目《もく》撃《げき》者《しゃ》

とある会社員の男性《だんせい》が自宅《じたく》で殺されていた。
被害者《ひがいしゃ》は一人暮《ぐ》らしで、本人以外はいなかった。
この部屋を訪《おとず》れた宅配便《たくはいびん》の配達員が死体を発見して、
警察《けいさつ》に連絡《れんらく》を入れた。
警察《けいさつ》がすぐさまかけつけると、被害者《ひがいしゃ》は何者かに
胸《むね》を刃物《はもの》のようなもので刺《さ》され、息絶《いきた》えていた。
防犯《ぼうはん》カメラの解析《かいせき》で、被害者《ひがいしゃ》の部屋を訪《おとず》れたのは、
死体を発見した宅配便《たくはいびん》の配達員と友人の、二人だけだとわかった。

■**町中《まちなか》アユム**　宅配便《たくはいびん》配達員

被害者《ひがいしゃ》の住む区域《くいき》を担当《たんとう》していて、荷物の配達に何回も訪《おとず》れたことがある。事件《じけん》当日、被害者《ひがいしゃ》の部屋付近を歩く人物を目撃《もくげき》したと証言《しょうげん》。

■**阿部《あべ》ユウト**　友人

被害者《ひがいしゃ》と同じ会社の同僚《どうりょう》。被害者《ひがいしゃ》に借金《しゃっきん》をしていた。事件《じけん》の当日、部屋を訪《おとず》れたが、部屋から話し声が聞こえ、先客がいたようなので、会わずに帰ってきたと証言《しょうげん》。

被害者《ひがいしゃ》はペットが好きらしく、
大きな水槽《すいそう》には熱帯魚《ねったいぎょ》がいた。
「オハヨウ　コンバンワ
アリガトウ　ヤメロ……」
被害者《ひがいしゃ》が飼《か》っていたオウムも
興奮《こうふん》して、やたらにしゃべっている。
犯行《はんこう》の手がかりになるようなものは
見つからなかった。

しかし、やがて犯人《はんにん》の手がかりに
なるような出来事が起こった。
それは何だろう？

オウムが犯行《はんこう》当時の会話を聞いて覚《おぼ》えてしまい、
それをしゃべりだしたのだ。
オウムが
「ヤメロ！　ユウト！　ヤメロ！　ユウト！」
とくり返ししゃべっていたので、
決定的な証拠《しょうこ》ではないが、
犯人《はんにん》を割り出す手がかりになった。
事件《じけん》当日、宅配便《たくはいびん》の配達員が目撃《もくげき》した人物が阿部《あべ》ユウトだ。
実際にオウムの声が事件解決《じけんかいけつ》につながった例が、
海外にはあると言う。

ファイルNo.22

山林の車のなぞ

ある山林に、不審《ふしん》な車が停《と》まっていた。
近くの畑に農作業に来ていた人が、
たまたま車の中で人が死んでいるのを発見し、警察《けいさつ》に通報した。
警察《けいさつ》が現場の山林に直行すると、
行き止まりの道に車が停《と》められ、中に男性《だんせい》の死体があった。
車のボンネットには枯《か》れ葉《は》が散《ち》らばり、
何日も放置《ほうち》されていたようだ。

車には車内に引《ひ》き込《こ》んだ
排気《はいき》ガスがすきまから
もれないように、
外からテープがドアに
はられていた。
警察《けいさつ》がテープをはがして、
ドアを開けると、
運転席に男の遺体《いたい》があり、
すいみん薬の空《あき》びんが
転がっていた。

■部下

「これは排気《はいき》ガス自殺ですね……」

■十文字刑事《じゅうもんじけいじ》

「うーん……。

自殺だとしたら協力者がいる。

あるいは、殺人の可能性《かのうせい》もあるぞ」

なぜ、十文字刑事《じゅうもんじけいじ》は

そう判断《はんだん》したのだろうか？

車のドアに外からテープがはってあったからだ。
もし、自殺だとしたら、
自分で外からテープをはるのは不可能《ふかのう》だ。
それでないとしたら、手助けする協力者がいたのだろう。
もう一つの可能性《かのうせい》は……。
亡《な》くなった男のそばに薬の空《あき》びんがあったが、
ペットボトルなどの空《あ》き容器《ようき》もなく、
それを飲んだ形跡《けいせき》がない。
自殺に見せかけた殺人の可能性《かのうせい》もある。

ファイルNo.23

手紙のワナ

ある老人が自宅《じたく》で殺された。被害者《ひがいしゃ》は息子《むすこ》と二人暮《ぐ》らしで、
警察《けいさつ》に通報したのは、発見者であり同居《どうきょ》する息子《むすこ》で、
外出から戻《もど》ると、父親は亡《な》くなっていたと言う。
警察《けいさつ》が到着《とうちゃく》すると、被害者《ひがいしゃ》は机《つくえ》のそばの床《ゆか》にうつ伏《ぶ》せになって倒《たお》れていた。
机《つくえ》や床《ゆか》には、友人に宛《あ》てた手紙や切手のはられたふうとうがあり、
手紙を書いている最中に亡《な》くなったようだ。
鑑識《かんしき》の結果、毒物《どくぶつ》によって死亡《しぼう》したことが判明《はんめい》した。
十文字刑事《じゅうもんじけいじ》は、息子《むすこ》に発見時の様子《ようす》を聞いた。

息子《むすこ》

「わたしが午前中に出かけるときは、
父は元気で、
会話もふつうに交《か》わしました。
父は、最近外に出なくなり、
昔の友人などに手紙を書くのが
楽しみだったようです。
わたしが午後、帰宅《きたく》すると
部屋で倒《たお》れていたんです」

机《つくえ》や床《ゆか》には証言《しょうげん》どおり
書きかけの手紙やびんせん、
切手がはりかけのふうとうが
散乱《さんらん》していた。
手紙の文面も確認《かくにん》したが、
別に事件《じけん》に関係するような
内容《ないよう》のものではなかった。
犯人《はんにん》はどのように
毒《どく》を飲ませたのだろう？

毒《どく》は、切手のうらがわに塗《ぬ》られていた。
被害者《ひがいしゃ》はそうとも知らずに、手紙を書き終えた後《あと》、
いつものくせで切手をなめてしまったのだ。
つまり、犯人《はんにん》は被害者《ひがいしゃ》のくせをよく知っていて、
この犯行《はんこう》を思いついたのだろう。
切手にそのような細工《さいく》ができるのは、
身近にいる人間であり、身内の犯行《はんこう》と思われる。
死体発見者である息子《むすこ》の犯行《はんこう》の可能性《かのうせい》が、きわめて高い。

ファイルNo.24

カウントダウンを止めろ！

爆弾《ばくだん》テロ組織を追っていた十文字刑事《じゅうもんじけいじ》は、すでに逮捕《たいほ》した仲間《なかま》の自白で、町外《はず》れの屋敷《やしき》にアジトがあることをつきとめた。

しかし、警察《けいさつ》が向かうという情報が組織にばれて、ワナが待《ま》ち構《かま》えていた。

十文字刑事《じゅうもんじけいじ》たちが屋敷《やしき》に突入《とつにゅう》すると、地下通路から犯人《はんにん》たちは、すでに逃《に》げてしまっており、そこには、時限爆弾《ばくだん》がしかけられていた。

爆弾《ばくだん》のカウントダウンははじまり、解除《かいじょ》のパスワードを入力しなければならない。

爆弾《ばくだん》は、数字を入力する機械が取り付けられている。
十文字刑事《じゅうもんじけいじ》は、逮捕《たいほ》した仲間《なかま》が持っていた手紙を取り出した。

示された4ケタの数字は、
まちがっている。
正しい数を入力せよ。

1267

●ヒント

0=6　3=5　4=4

手紙には
爆発《ばくはつ》を解除《かいじょ》する
暗号が書かれていて、
暗号を解《と》いて、
正しい数字を
入力しなければならない。
爆弾《ばくだん》を解除《かいじょ》する、
4ケタの数字とは?

ヒントを見ると「0」が「6」に変化している。
これは、デジタル数字を構成《こうせい》している
パーツの数を表している。
同じように「3」は「5」、
「4」は「4」になる。
したがって、
爆弾《ばくだん》を解除《かいじょ》
する4ケタの数字は、
「2564」となる。

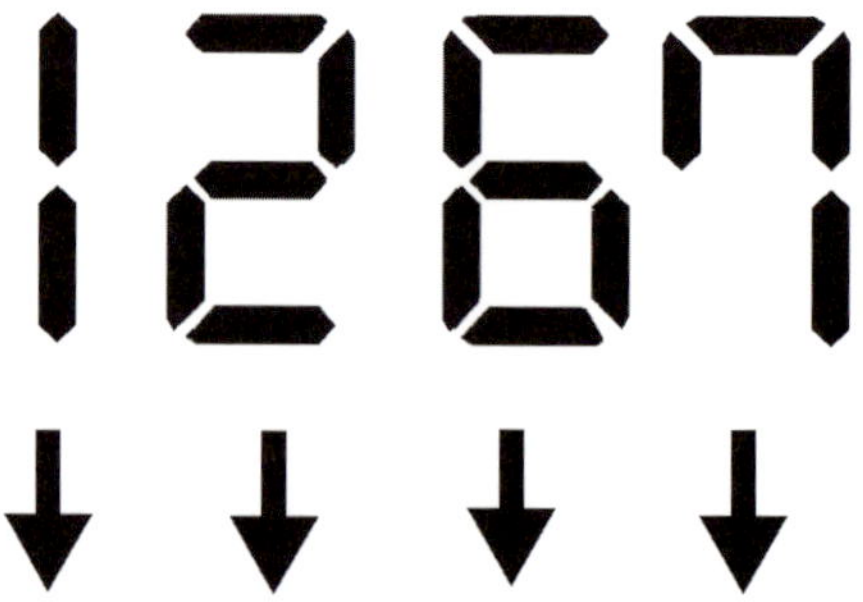

2564

ファイルNo.25

本のひみつをあばけ！

警察《けいさつ》は、凶悪犯罪《きょうあくはんざい》グループのアジトが、
ある書店だという情報を入手した。
そこは、小さな書店だったが、
その店のどこかから手下に指示《しじ》をだしているようだ。
彼《かれ》らは、ネットなどがハッキングされて、
情報がもれることを恐《おそ》れ、別の方法で指令を出していると言う。
十文字刑事《じゅうもんじけいじ》は、客のふりをして店内をさぐることにした。

店内は、他の書店と同じようで
とくに変わった様子はない。
情報によると、
指令は毎週変わり、
集合場所と時間を
仲間《なかま》に伝えているようだ。

レジ付近には、今週おすすめの本がならべられ、
「読書で頭を使いましょう!」
とポップが描《か》かれている。
これがあやしいとにらんだ
十文字《じゅうもんじ》刑事《けいじ》だが、
指令は、どのように
出されているのだろう?

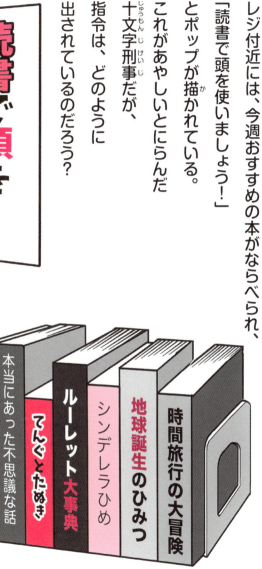

犯罪《はんざい》グループは、
カウンターに並《なら》べられた
本のタイトルを指令に使っていた。
ポップに描《か》かれている
「頭を使いましょう!」
の意味は、本のタイトルの
最初の文字を読めと言う指示《しじ》だ。
ちなみに、今回の指示《しじ》は、
「あさひほてるしちじ」
(あさひホテル七時)となっている。

ファイルNo.26

ドロンからの予《よ》告《こく》状《じょう》

日本中をさわがす怪盗《かいとう》ドロンから、
警察《けいさつ》の十文字刑事《じゅうもんじけいじ》の元に、犯行《はんこう》の予告状《よこくじょう》が届《とど》いた。
次々に美術品《びじゅつひん》や宝石《ほうせき》をねらう怪盗《かいとう》ドロンが、
次にねらう相手を示《しめ》しているらしい。
ただし、予告状《よこくじょう》は暗号で書かれていて、
解《と》かなければならない。
十文字刑事《じゅうもんじけいじ》は頭をひねった。

【親愛なる十文字君《じゅうもんじ》
キミの頭脳《ずのう》に挑戦《ちょうせん》だ。
次のターゲットのヒントを教えよう。
この中のだれかの屋敷《やしき》から美術品《びじゅつひん》を
ちょうだいする。

相葉《あいば》ワタル
井上《いのうえ》ヒロト
宇多田《うただ》フミト

怪盗《かいとう》ドロン】

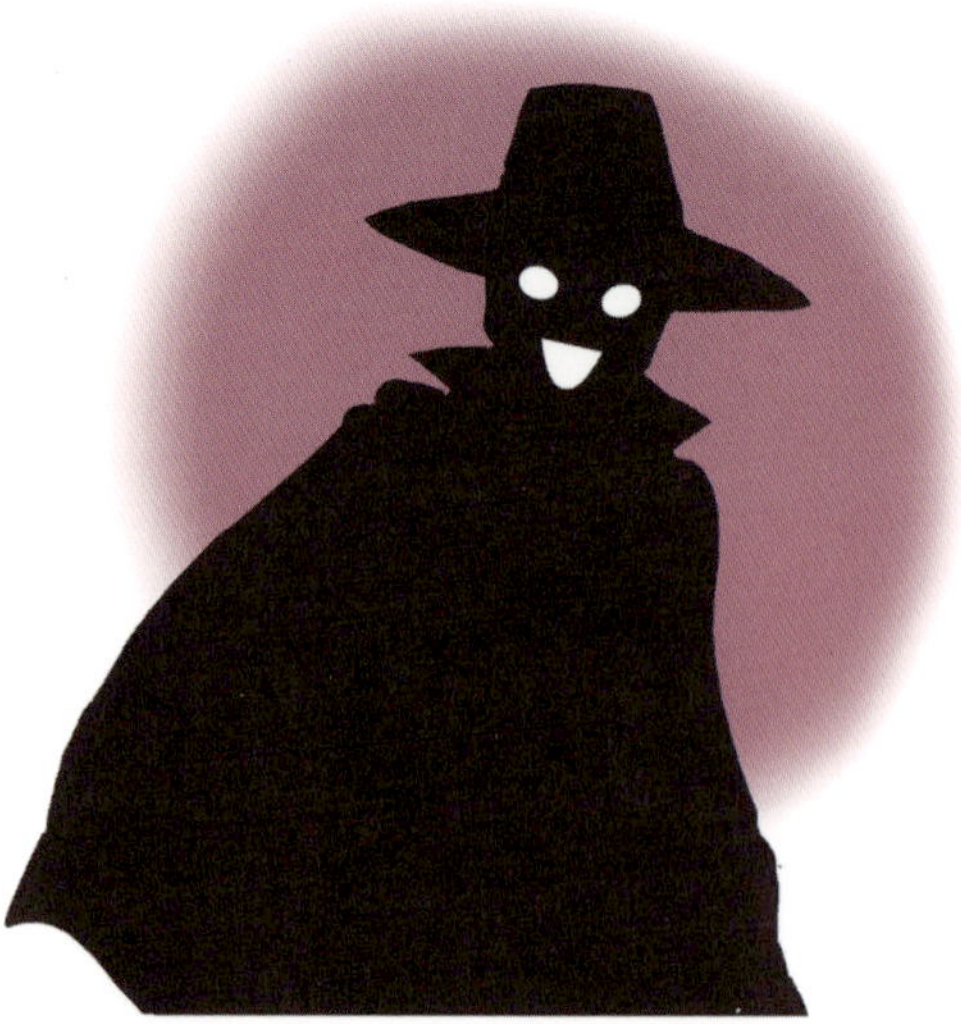

また、手紙といっしょに
デジタル数字の
書かれたカードも
入っていた。
これは、
いったい何を
意味するのだろう？

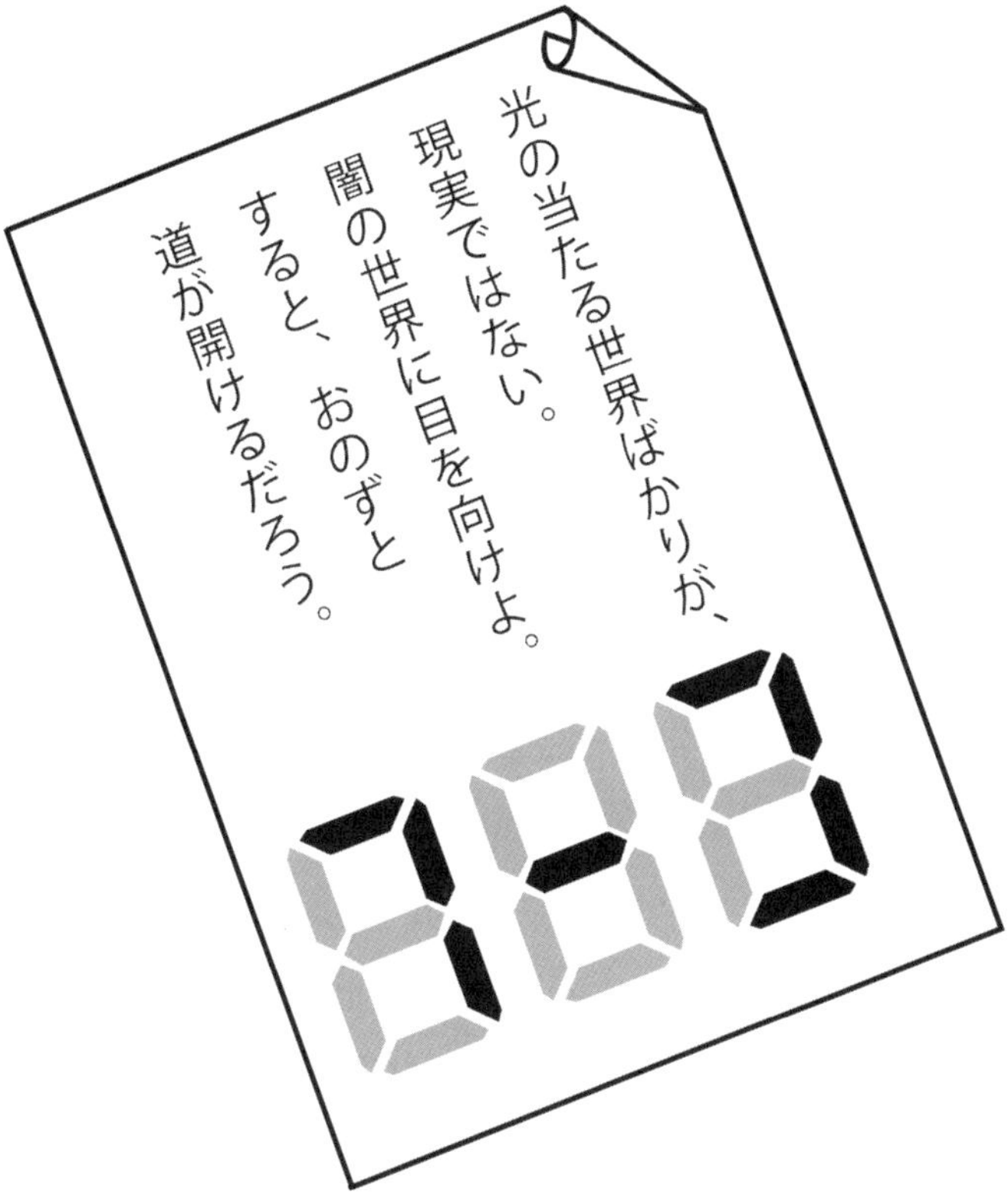
光の当たる世界ばかりが、
現実ではない。
闇の世界に目を向けよ。
すると、おのずと
道が開けるだろう。

暗号の書かれていたカードの、文に注目。
「光の当たる世界ばかりが、現実ではない」は、
デジタルで表示《ひょうじ》された部分は読まないということ。
「闇《やみ》の世界に目を向けよ」は、
デジタルの表示《ひょうじ》以外を見ろと言う意味だ。
したがって、
「7ーコ」以外の、はい色の部分を文字として読むと
「ヒロト」となっている。
怪盗《かいとう》ドロンが次にねらうのは、
「井上《いのうえ》ヒロト」邸《てい》だ。

ファイルNo.27

予知能力《よちのうりょく》

十文字刑事《じゅうもんじけいじ》の近所には、
超能力《ちょうのうりょく》があると言う大学生のAが住んでいる。
得意なのは「未来を予知」する能力《のうりょく》で、
これから起こることを事前に予言することだ。
今までにも、スポーツの試合の結果や
大きな事故《じこ》などを予言して当てたと言う。
十文字刑事《じゅうもんじけいじ》は、とても興味がわき、
この大学生と会って、予知能力《よちのうりょく》が本物か見てみたくなった。

ある日、
十文字刑事《じゅうもんじけいじ》は大学生Aを自宅《じたく》に招《まね》いた。

十文字刑事《じゅうもんじけいじ》

「キミがうわさのA君か。
わたしは超能力《ちょうのうりょく》に興味《きょうみ》があるんで、
キミの予知能力《よちのうりょく》が見たいな」

学生A

「それなら簡単ですよ。
十文字《じゅうもんじ》さん、お宅の郵便《ゆうびん》受けを見て
ください。事前に予言を書いて、
あなたに送っておきましたから」

十文字《じゅうもんじ》が郵便《ゆうびん》受けを確認《かくにん》しに行くと
一通のハガキがあり、Aの予言が書かれていた。

【〇月×日　午前七時に東京で
ビル火災が起きる】

たしかに今朝、
七時頃《ごろ》大きなビル火災があった。
ハガキの消印は、二日前だ。
本当にAは予言したのだろうか?
十文字《じゅうもんじ》は、ハガキの表に
消しゴムのカスがついているのを見て、
Aの予言はトリックだと確信《かくしん》した。

Aは、ハガキの裏《うら》に何も書かず、
表を鉛筆《えんぴつ》書きで自分宛《あ》てにポストに投函《とうかん》した。
これで、消印の押《お》されたハガキが自宅《じたく》に届《とど》く。
次に表の宛先《あてさき》を消しゴムで消して、
十文字宛《じゅうもんじあ》ての住所と名前に書き直した。
だから、消しゴムのカスが残っていたのだ。
あとは、当日の朝に起こった出来事を予言と称《しょう》して、
ハガキの裏《うら》に書き込《こ》み、十文字《じゅうもんじ》の家を訪《たず》ねたときに、
郵便《ゆうびん》受けに入れたと思われる。

ファイルNo.28

電《でん》卓《たく》のひみつ

とある商店街の文具店の主が何者かに殺された。
家族が死体を発見したとき、
ぐうぜん近くに居合《いあ》わせた十文字刑事《じゅうもんじけいじ》が現場にかけつけた。
その後の調べで、殺された推定時刻《すいていじこく》は午後十時頃《ごろ》。
一日の売り上げの計算中に殺害され、
売上金はすべて持ち去《さ》られたようだ。
警察《けいさつ》は、周辺の防犯《ぼうはん》カメラから
犯行《はんこう》時間に店に出入りした二人を特定した。

■太田《おおた》さとみ

同じ商店街でブティックを経営《けいえい》。最近は、店の経営《けいえい》が苦しく資金ぐりに苦労《くろう》していた。あちこちに借金《しゃっきん》がある。

■郷田《ごうだ》　章《あきら》

同じ商店街でカフェを経営《けいえい》。被害者《ひがいしゃ》とは、商店街のアーケード改修《かいしゅう》のことでもめていて、口論《こうろん》する姿《すがた》を近所の人によく目撃《もくげき》されている。

十文字刑事《じゅうもんじけいじ》は現場写真をながめていた。
遺体《いたい》の横には、
帳簿《ちょうぼ》や筆記《ひっき》用具などが散乱《さんらん》して、
あらそった跡《あと》がある。
そして、被害者《ひがいしゃ》の手に
電卓《でんたく》が握《にぎ》られていた。
数字が「5・0」と表示《ひょうじ》されている。

しばらく、それを見ていた
十文字刑事《じゅうもんじけいじ》は、
やがて、犯人《はんにん》の手がかりが見えてきた。

電卓《でんたく》の表示《ひょうじ》は数字を入力したものではない。
犯人《はんにん》を示《しめ》したダイイングメッセージだろう。
ひん死の状態《じょうたい》になりながらも、犯人《はんにん》の手がかりを
手元にあった電卓《でんたく》にたくした。
一見すると「5・0」なので「5だ（郷田《ごうだ》）」に見えるが、
被害者《ひがいしゃ》は、5を入力した後に、わざわざ「・」をつけ、
その後《あと》に「0」まで入力している。
これは、数字をアルファベットに見立てたものだ。
つまり、イニシャルがS《エス》・O《オー》の太田《おおた》さとみ
が犯人《はんにん》の可能性《かのうせい》が高い。

5.0→S.O

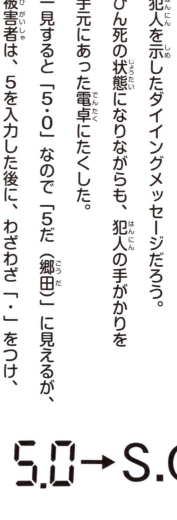

十《じゅう》文《もん》字《じ》刑《けい》事《じ》からの挑《ちょう》戦《せん》状《じょう》！

ここまでなぞを解《と》いてきた
キミにわたしから
最後の問題だ。
この手紙を読んでみたまえ。

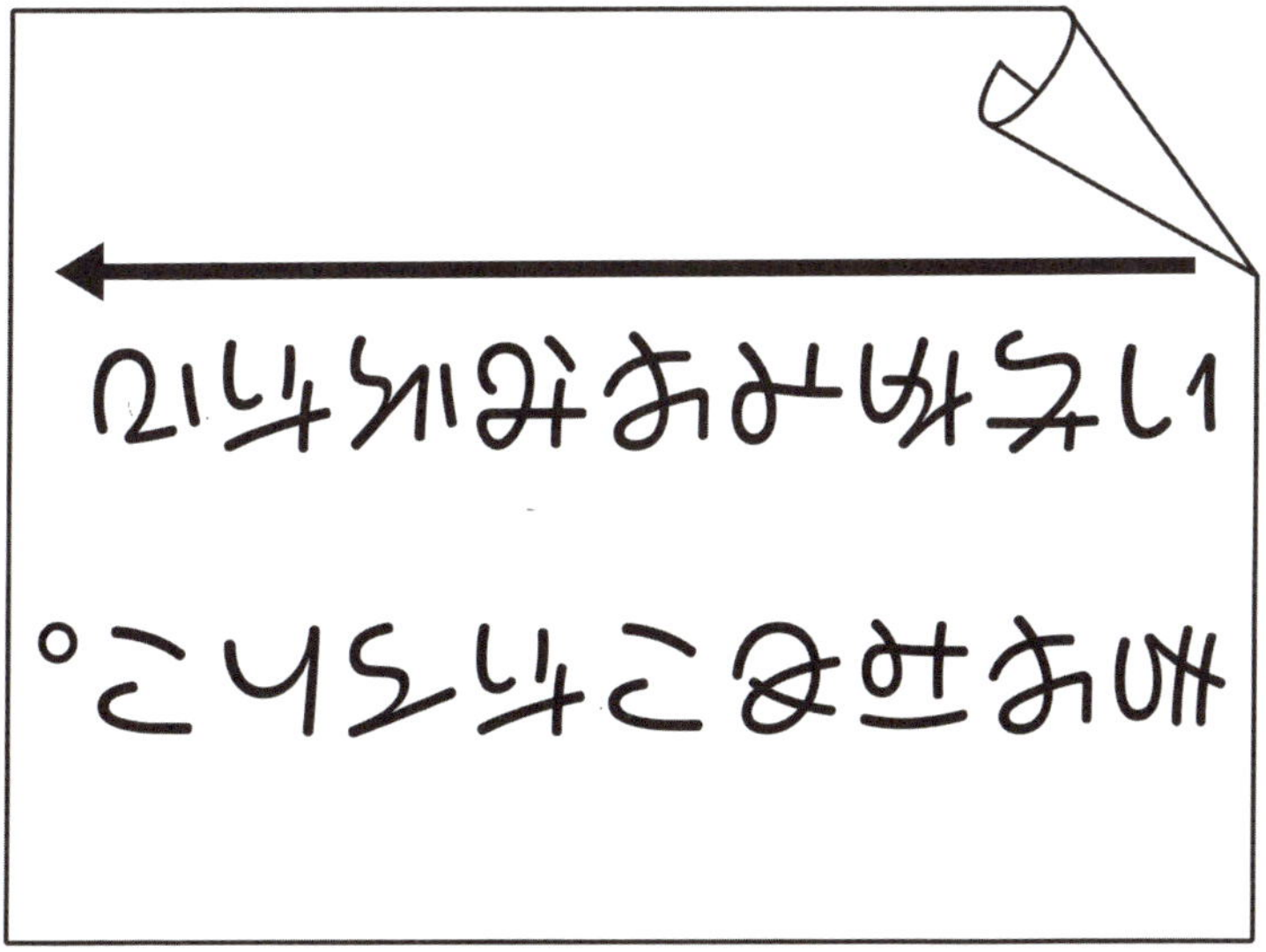

ヒント：かがみ

こたえは126ページ

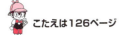

推《すい》理《り》力《りょく》・観《かん》察《さつ》力《りょく》テストこたえ

■P41：推《すい》理《り》力《りょく》テスト❶のこたえ

ウ

■P42：推《すい》理《り》力《りょく》テスト❷のこたえ

丸いメガネをかけている男の子

■P44：観《かん》察《さつ》力《りょく》テスト❶のこたえ

「こんやくじ（今夜九時）」

「こうもり」の頭は「頭」なので、一番最初の文字を読むと「こ」。
「時間」の最後は「最後」なので、終わりの文字を読むと「ん」。
同じようにして、全部を読む。

■P81：推《すい》理《り》力《りょく》テスト❸のこたえ

「コンバン　ハチジ　ヨコハマ」
（今晩　八時　横浜）

薄《うす》いピンク色の部分をカタカナとして読む。

■P82：観《かん》察《さつ》力《りょく》テスト❷のこたえ

左からはく製《せい》→ かみの毛の短い人形→ こけし→ かみの毛の長い人形

■P84：推《すい》理《り》力《りょく》テスト❹のこたえ

一番左の子ども

※スナップ写真に、一人だけ影《かげ》がない。

■P125：十《じゅう》文《もん》字《じ》刑《けい》事《じ》からの挑《ちょう》戦《せん》状《じょう》！のこたえ

「これをよみおえたら　きみはめいたんてい。」

文字が反転させてあるので、鏡《かがみ》に写《うつ》すと読める。

■主な参考文献《ぶんけん》

「あたまがよくなる！　寝る前 ナゾとき366日」
篠原菊紀 監修（西東社）

「頭がよくなる！　爆走！　ナゾトキ大冒険」
瀧 靖之 監修（池田書店）

「5秒で見破れ！　全員ウソつき」
田中智章 文／植松峰幸 監修（朝日新聞出版）

「名探偵なぞとき推理クイズ140ファイル！」
土門トキオ 著（西東社）

「ドッキリ！　ミステリー推理クイズ（クイズおまかせ大事典４）」
高須れいじ 著（学習研究社）

「ひらめき！　謎解き！　推理ゲーム1・2年生」
どりむ社 著（高橋書店）

著●土門 トキオ（どもん　ときお）
東京生まれ。漫画の他、なぞなぞ、だじゃれ、迷路などの児童書を執筆。
代表作には「おすしかめんサーモン」シリーズ（Gakken）がある。
推理クイズ関係著書には本書の他、「名探偵なぞとき推理クイズ140ファイル！」（西東社）、「あたまがよくなる！たんていクイズ1ねんせい」、「ひらめき天才パズル4すいり」（いずれもGakken）他がある。

装丁イラスト●へびつかい
1988年生まれ、広島県尾道市出身。独特な色彩と繊細な描線が特徴のイラストレーター。
幻想的な作風で、Webを中心に多くの作品を発表している。

迷《めい》宮《きゅう》突《とっ》破《ぱ》！
60秒の推《すい》理《り》ファイル
パート3 見えるものが真実とは限らない

2025年3月　初版第1刷発行

著　　者　土門 トキオ
発 行 者　三谷 光
発 行 所　株式会社 汐文社
東京都千代田区富士見1-6-1
富士見ビル1階　〒102-0071
電話03-6862-5200　FAX03-6862-5202
https://www.choubunsha.com/
印　　刷　新星社西川印刷株式会社
製　　本　東京美術紙工協業組合

ISBN978-4-8113-3180-5　NDC913